오늘의 이야기는 끝이 났어요
내일 이야기는 내일 하기로 해요

길상호

시인의 말

그는 나의 책이었다.
해독되지 않는 문장을 많이 지니고 있는
무척이나 어려운 책이었다.
그 사람 하나를 제대로 읽어보려고
참 오랜 시간 집중해왔는데
페이지를 몇 장 넘기기도 전에
그는 사라졌다.
이제 사라진 책을 읽어야 하는
그런 시간들이 앞에 있다.
그나마 다행인 것은,
세상에 모두 읽어낼 수 있는 책은
단 한 권도 없다는 사실이다.

2019년 물어, 운문이, 산문이 곁에서
길상호

오늘의 이야기는 끝이 났어요

내일 이야기는 내일 하기로 해요

차례

1부 낡은 입술을 갖고 있다

2부 당신의 빈 주머니

발문

1부

낡은 입술을 갖고 있다

서로의 엄마

눈바람의 난동이 잠잠해지고 나서야
방목지엔 아침이 찾아왔다네

창파족 늙은 아낙은 레보* 천막을 걷고 나와
새끼 염소들을 햇볕 위에 내려놓는다네

고원의 한기를 견디기엔 아직 어린 심장
그녀는 밤새 그것들의 엄마가 되어 주었다네

마니차**를 돌릴 때마다 준다던 업보는
절룩절룩 무릎뼈만큼 닳았을까

돌담 우리 안에 웅크려 있던 어미 염소들도
그녀의 헛기침에 하나둘 깨어나고

이제는 엄마를 바꾸어야 할 시간,
유목의 가족들을 위해 준비한 따뜻한 젖

양동이가 출렁거리며 채워지는 동안
그녀와 염소는 몇 번이고 흐린 눈을 맞춘다네

*창파족 유목민의 이동식 전통 가옥
**티베트 불교의 경전을 새겨 넣은 원통형 도구

안개 책방

숲 옆구리에서 책을 한 권 꺼냈다
표지 안쪽 오래전 상형문자가 되어 날아간
직박구리 울음소리가 들려왔다

책등에 쌓인 먼지를 털어내자니
그것 또한 새가 남긴 책의 내용일 것 같아서
잠시 머뭇거리는 사이

젖은 것도 같고 마른 것도 같은 소리는
오랫동안 앓던 환청이 도진 거라고
너는 나의 두 귀를 손으로 감싸 막았다

지문을 풀고 나온 바람이 고막에 닿자
책은 소리를 잃고 잠잠해졌지만
나는 좀처럼 정적이 편해지지 않았다

죽은 나무들로 빽빽한 숲
이따금 삭은 가지라도 바닥에 떨어져야

멈춘 시계가 다시 돌아갈 것 같았다

아직 살아 있는 것은 없는지 페이지를 넘길 때
너는 숲의 비밀이 적힌 두루마리라며
나이테 한 올을 풀어 쥐어주었다

첫 단어에 눈길이 닿는 순간
숲이 백지 같은 안개로 가득 채워졌다
뿌연 눈으로는 아무것도 읽을 수 없었다

사북

흐려진 이름을 읊다 일어난 아침
뒷목에는 차갑게 눈이 쌓여 있었다
사북사북, 꿈속 발자국들을 주워 담고
나는 사북행 기차를 탔다
구름과 함께 딱 한 번 들른 적 있는 곳,
역사 앞 공중전화박스에 서서
혼선 중인 그대 목소리를 내려놓고
멎지 않는 눈발만 멍하니 바라보던 곳,
주름 사이에서 꺼낸 낡은 지도를 펼쳐들고
탄가루 뒤집어쓴 약방 간판이나
고드름 매달린 다방의 연통을 떠올리면
기억들은 그 맛이 텁텁했다
탄광처럼 어두운 터널을 지날 때마다
기차는 덜컹덜컹 잔기침을 해대고
나는 사북사북,을 가루약같이 털어 넣으며
창유리에 맺힌 검은 얼굴을 닦았다
언제나 과거형의 철로 끝에 놓여 있던 곳,
그러나 폐쇄된 몇 개의 역을 거치는 동안

결코 사북에 닿지 못한다는 걸 알았다
챙겨온 발자국도 어느 틈에 녹아서
가방은 축축하게 젖어 있었다

두 잔 집

우리는 오늘 처음 만나는 사이,
아니 전생에 두 번쯤은 만난 적 있는 사이

창유리 먼지 낀 불빛에 홀려
결이 고운 나무탁자에 마주앉았네

찌개가 줄지도 않고 식어가는 동안
혓바닥 위에 들깨소금만 몇 알씩 털어 넣으며

옆자리 사람들이 하나둘
희뿌연 김 속으로 사라지는 것도 알지 못했네

한 잔 또 한 잔 전생이 가까워질수록
소주병처럼 푸른 밤이 쌓여가고

주인 할머니는 윤회의 문턱을 드나들면서
몇 번이고 안주를 데워다 주었네

우리는 만난 적이 없는 사이,
아니 이미 전생에 두 번은 헤어진 사이

술잔 테두리를 따라 돌고 돌다가
서로의 발소리를 놓쳐 까마득히 헤매다가

끊어진 대화를 이어가기 위해서는
또다시 두 잔의 술이 필요했네

낡은 잠을 자려고

끊임없이 중얼거리는
여관방 벽은 낡은 입술을 갖고 있다

찢어진 벽지와 얼룩과 못자국과 낙서와

밀린 잠을 자는 당신과
쪼그려 앉아 당신의 밀어둔 잠을 생각하는 나와

벽의 목소리에 닿으면
낡은 것들은 조금 더 낡아가고

옷걸이에 걸어둔 스웨터는
벌써부터 올이 풀린 어깨를 늘어뜨렸다

병 속에 남은 건 소주처럼 밍밍해진 생활

당신은 잠꼬대로, 나는 허밍으로
새벽의 중얼거림을 따라해 보는 것인데

날이 밝으면 우리는
얼마나 더 헐거워져서 이 방을 나가게 될까

갈라진 입술을 쓰다듬어 보니
부스러기 몇 개가 힘없이 떨어졌다

꽃 이름을 물었네

이건 무슨 꽃이야?

꽃 이름을 물으면
엄마는 내 손바닥에 구멍을 파고
꽃씨를 하나씩 묻어 주었네

봄맞이꽃, 달개비, 고마리, 각시붓꽃, 쑥부쟁이

그러나 계절이 몇 번씩 지나고 나도
손에선 꽃 한 송이 피지 않았네

지문을 다 갈아엎고 싶던 어느 날
누군가 내게 다시 꽃 이름을 물어오네

그제야 다 시든 꽃
한 번도 묻지 않았던 그 이름이 궁금했네

엄마는 무슨 꽃이야?

그녀는 젖은 눈동자 하나를 또
나의 손에 꼭 쥐어주었네

반월

플랫폼에 내려섰는데 달의 가운데였다
출구는 하나뿐, 반은 그림자만 사는 곳이므로
문을 낼 필요가 없었다고 한다
나머지 반에 집을 짓고 모여 사람들은
달빛을 떠먹이며 아이들을 길러내고 있었다
반짝이는 것은 모두 그쪽에 속해서
레일 건너 저편이 그만큼 더 어두웠다
그러나 나는 외진 곳으로 마음이 기우는 사람
지도에서도 지워진 터널을 빠져나가니
달의 끝을 향해 걷는 그림자가 보였다
물벽돌을 차곡차곡 쌓아올려 지은 집,
얼어붙기 시작한 저수지는 안쪽
그의 평화로운 거처가 궁금하긴 했지만
몸을 입은 사람은 들 수 없으니
어귀를 서성이다 다시 돌아 나올 수밖에,
빛나는 달과 어두운 달 사이에도 종종
은밀한 거래가 이뤄지는 날이 있다고 한다
눈물이 필요한 사람과 온기가 필요한 그림자가

그믐에 만나 포옹을 하고 나면
이쪽과 저쪽이 아주 잠시 뒤바뀌는 곳,
그날 반월에는 눈과 비가 나란히 땅을 적셨다

반월·2

얼음 달이 녹기 시작했어요 나와 함께 반월에 가요 달 녹은 물을 받아 마시면 반쪽 얼굴, 그늘만 무성한 숲 발길을 끊은 새들이 돌아올지 몰라요 달빛 두 줄기로 얼마 동안은 그곳까지 철길이 이어진대요 나와 함께 지하철을 타요 역사 뒤편 야산 흑염소들이 죽은 나무들을 들이받으며 쿵. 쿵. 쿵. 밤과 낮의 박자를 되살려놓고 있어요 빛나는 두 개 뿔엔 달의 오래된 음들이 겹겹, 얼음을 깨고 다시 태어날 어린 시간을 만나러 가요 밤이 다 녹아버리고 나면 간신히 이어졌던 철길이 또 지워질지 몰라요 자, 어서 가서 우리 얼음 달의 마지막 한 방울 노래를 들어요

먹먹

유령은 향나무 밑에 앉아 먹을 갈아대고 있다, 그럴수록 밤은 더 어두워지고, 그런다고 밤이 더 향기로워지진 않고, 이제는 불면을 위한 문장도 바닥이 보이는데, 슥슥슥 먹을 갈아대는 유령 때문에 또 사전을 펼쳐 놓는다. 남은 단어들은 모두 물기 가득한 것뿐이어서, 옮겨 적으면 그새 번져버리고 말 것들이어서, 먹이 닳아갈수록 밤의 꽃들은 귀퉁이가 짓무르고, 간신히 지어낸 문장은 마침표를 찍기도 전에 색이 변하고, 붓을 들어 몇 개 반짝이는 별들을 지워가면서, 유령은 눈물을 몇 방울 흘려 넣고 다시 먹을 간다, 슥슥슥 그렇게 우리들의 밤이 움푹 파이고, 먹먹한 밤이 거기 또 하염없이 고여 들고.

물방울 숲

그 숲을 보여주려고 겨울은
역사 귀퉁이 의자에 앉아 우릴 기다렸어요
서로에게 건넨 시의 숨결이 다하고
나눴던 대화가 흐린 입김으로 번져갈 때
비로소 창유리에 태어나던 숲,
얼음 꽃을 피운 나무의 수명은 길지 않아서
날이 풀리면 어느새 녹아 사라진다고
서둘러 숲길을 찾아 들어섰지요
어떤 속죄도 아름다워질 수 있는 곳,
꽃잎을 따서 손톱마다 얹어놓으면
우리의 신기루도 새롭게 자라날 것 같았어요
하지만 손이 닿는 순간, 한순간에
최면은 맥없이 풀려버리고 말았어요
남은 건 방울새 눈망울을 닮은
물방울의 씨앗뿐, 꽃들이 지워지자
나무까지 줄줄이 녹아 흐르기 시작했어요
우리는 축축해진 서로의 어깨를 의지해
간신히 그 숲을 빠져나와 늦기 전에

미뤄둔 이별과 결국 악수를 나눴어요

장조림

오늘의 이야기는 끝이 났어요
내일의 이야기는 내일 하기로 해요

스위치를 끄면 어둠이 고여 드는 방,
밤은 적당히 짜고 달고 매콤하고

얽힌 손길에 더는 곰팡이가 피지 않도록
지금은 저 방에 나란히 갇혀야 해요

배꼽 속 지루한 인연이 모두 우러나오고
눈에 담긴 통증도 흐물흐물 풀리면

액자 속 다정했던 시절로 우리
찰칵 찰칵 다시 돌아갈 수 있을지 몰라요

방 안 가득했던 어둠이 졸아들면
정수리에 모여든 쓸쓸한 거품을 걷어주면서

이제 어떤 말에도 쉽게 상처받지 않는
짭조름한 심장을 갖고 살기로 해요

한없이 뒤척이게 되더라도 그건
서로가 서로에게 배어들기 위한 일,

검은 밤이 너무 일찍 끝나버리면 안 되니까
심장의 불꽃을 중불로 내려주세요

돌 하나

어제는 없던 돌 하나가
길 한가운데 엎드려 있다

노숙자의 손등처럼 아니면 수도자의 발등처럼

간절한
돌 하나가
내 앞에 나타났다

눈도 깨뜨리고
귀도 입도 결국 몸까지 다 깨뜨리고
여기 굴러온 돌에게

무엇을 쥐어주어야 할까
어떤 길을 일러줘야 할까

다 덜어내고 남은 한 구절의 시처럼
돌을 주워 들고서

나는 단단하게 굳어버렸다

먼 곳의 택배

가끔은 머나먼 생이 택배로 배송되어 왔다

수명을 단축시킬 거라고 당신은 반품을 강요했지
만
주소지도 없는 그 박스가 나는 늘 궁금했다

에어캡으로 정성스레 싸놓은 건
얼다 만 는개와 안개
눈이었는지 비였는지 모를 물방울 몇 개
왠지 슬퍼 보이는 비늘과 깃털

머나먼 그곳에도 우는 사람이 있는 것 같아
상자를 열면 안심이 되곤 하였다

배송 물품들을 늘어놓고 앉아 있을 때
저녁은 모서리를 접은 채 평면이 되어 쌓이고

수레에 박스를 주워 싣는 할머니가

몇 생을 건너온 어머니는 아닐까 싶기도 했다

달로 연주하는 밤

서로를 좀 더 깊이 이해하기 위해
울림통이 필요한 날이 있다

그럴 땐 텅 빈 달을 빌려와 밤을 연주했다

구멍의 크기는 하루하루 바뀌었으므로
우리의 손에선 매번,
모르는 곡들이 태어났다

새벽마다 음계 끝 옥상으로 가서
느슨해진 감정과 관계를 조율하고 나면

허밍처럼 얇아진, 달무리처럼 희미해진
화음이 다시 돌아올 것도 같았다

달에게 조금 더 빛을 보태주던 당신의 기타 소리

현을 끊으며 유성이 떨어져도

갈아 끼울 추억들은 얼마든지 있었다

가끔은 녹슨 기타 줄에서
더 맑은 소리가 들려오기도 했다

꽃살문

선방에 들 시간이 되었다

못 바닥에서 흘러나온
동종 파문이 잎을 흔들자
수련은 멀어진 향기를 거둬들였다

하나씩 차례로
꽃잎 문 닫히는 소리

자신을 걸어 잠근 뒤에도
아직 더 깊어져야 한다는 듯
수면 아래 가부좌를 틀었다

기척이 마저 끊긴 방

아른대는 연꽃의 기도는
사미니처럼 조금 슬픈 데가 있었다

스티커

한 자리에 참 오래 머물렀다

면벽수행이 이쯤 되면
가히 모든 걸 통달하고도 남으리라

날개 무늬가 다 바래도록
더듬이 한번을 까딱하지 않고 있더니

타일 벽 얼룩을 닦아내려고
물을 뿌린 것뿐인데

나비가 부질없이 바닥에 떨어졌다

벽과 합장하고 있던 몸에서
기도의 접착력이 끝나버린 것

나비는 날아갔지만 나비 모양 자국이
영혼처럼 그 자리에 남았다

빈티지

넝쿨장미는 찢어진 담장을 꿰매는 중
민무늬 벽에는 꽃 단추도 여러 개 달아놓았다

어떤 호흡으로 걸어도 몸에 익숙한 골목
낡은 사랑을 수선해 쓰는 우리는
수시로 이곳에 와 어제와 내일을 덧대곤 했다

각이 풀린 주름의 계단에 앉아
서로의 헐거워진 어깨에 기대 있으면
가난은 또 다른 멋이 될 수 있었다

빨랫줄에 걸린 달도 빛이 바래 있었지만
거기서 번져오는 쿰쿰한 냄새 때문에
끝단이 닳아버린 우리의 손목은 부끄럽지 않았다

그 골목에선 지울 수 없는 얼룩까지
세상 하나뿐인 무늬로 바뀌곤 했다

돌칼

둥글납작한 잿빛 돌 안에서
낯익은 칼 한 자루가 태어났다
나는 강가에 쪼그리고 앉아
뜻밖의 전생을 마주한 사람처럼
깨진 돌을 바라보았다
버려둔 고백처럼 무뎌진 칼,
물을 적셔가며 오래 갈아대니
무늬에 갇혀 있던 바람이
쓰윽-쓱 다시 불기 시작했다
어떤 물고기 살갗을 지나왔을까
칼날에 박혀 있는 비늘 조각
잠시 배부른 식사가 떠오르다가
다 발라먹고 가시만 남은
우리들의 사랑이 떠오르다가
강물이 굴리며 놀던 돌 속에는
많은 사연들이 새겨져 있었다
숨은 결을 되살리며 칼을 가는 사이
하늘이 녹물처럼 번져 아팠다

L

그는 반월의 사람,
그곳에 살기도 하지만 살지 않기도 했다
달은 늘 궤도를 돌아야 하는 운명이므로
궤도 사이 역을 교대근무로 지키면서
또 가끔은 궤도를 벗어나고 싶어
책들의 행간에 침묵을 이어놓았다
끝줄은 언제나 새로운 첫줄로 연장될 뿐,
상현과 하현 사이를 가로지르는 제본선
둥근 책의 넘어간 페이지는
갈수록 두꺼운 어둠이 되었다가
그믐 같은 뒤표지를 겨우 닫을 수 있었다
그는 덧쌓인 그늘을 닦아내느라
오래 문장의 마침표에 머물러야 했다
마침표는 또 다른 빛의 씨앗이기도 해서
새 달이 움틀 때까지
호흡처럼 안개처럼 음악들을 뿌려주었다
마침내 배낭을 메고 돌아온 그의
한쪽 눈은 따뜻했지만 다른 한쪽은 서늘했다

원래 그랬던 것인지,
아니면 달이 그리 만들어놓은 것인지
기억하고 있는 사람이 없었다

물이 마르는 동안

햇볕을 한 장
한지를 한 장

겹겹으로 널어둔 그 집 마당은
고서古書의 책갈피처럼 고요했네

바람만이 집중해서
뜻 모를 글귀를 적어가고 있었네

종이가 마르는 동안
할머니의 눈꺼풀이 얇아지는 동안

마당 한쪽의 감나무는
그림자를 살짝 비켜주었네

2부

당신의 빈 주머니

꼬리

살짝 손을 대려 했을 뿐인데
꼬리를 끊고 달아난 도마뱀을 기억한다

흙바닥에 남은 꿈틀거림이 멈출 때까지
아무 말도 못하고 나는 꼬리만 바라본 적이 있다

일생에 단 한 번만 재생이 가능하다는,
그래서 목숨을 걸고서야 끊을 수 있다는 꼬리

뒤돌아볼 새도 없이 도마뱀은
풀숲으로 남은 몸을 내뺐었는데

아버지가 숲에 든 후, 나는 남겨진 꼬리 같았다
몸을 뒤틀며 우는 날이 많아졌다

나를 끊고 저세상으로 떠난 그가
사진 속에서 아직 편안하게 웃고 있다

따순 밥

언 손금을 열고 들어갔던 집

그녀는 가슴을 헤쳐
명치 한가운데 묻어놓았던 공깃밥을 꺼냈다

눈에서 막 떠낸 물 한 사발도
나란히 상 위에 놓아주었다

모락모락 따뜻한 심장의 박동

밥알을 씹고 있으면
마른 핏줄에도 어느새 혈색이 돌았다

물맛은 조금 짜고 비릿했지만
갈증의 뿌리까지 흠뻑 적셔주었다

살면서 따순 밥이 그리워질 때
언제고 다시 찾아오라는

그녀의 집은 고봉으로 잔디가 덮여 있었다

천일의 잠

어느 해 봄, 문 닫은 식물원 앞을 서성이다
바닥에 떨어진 나비를 업고 들어간 여관이 있다네
조화가 가득한 나무들의 복도를 지나
304호 열쇠를 다 돌리기도 전에
나비는 꽃잎 같은 영혼을 툭, 놓치고 만 것인데
그리하여 나는 길 잃은 봄
목관처럼 혹은 고치처럼 단단한 그 방에 갇혔다네
모란꽃 이불을 나비에게 덮어주니
냉장고는 곡비처럼 한쪽에 자리를 잡고 앉아
울음을 이어다 붙이기 시작했다네
옆방은 고요하고 그 옆방은 더 고요해서
저승에 다시 피는 꽃, 꽃잎 터지는 소리도 들릴 듯
한데
끊어진 울음 사이 귀를 대고 누워 있다가
봄이 가고 여름이 가고 가을, 겨울이 가고
또 봄이 오고 여름이 오고 가을, 겨울이 오고
나는 계절을 팔랑팔랑 건너는 꿈을 꾸었다네
하룻밤이 천 일 같던 천일장 여관

그 밤에 떠나보낸 내가 돌아오지 못하는 건
한꺼번에 너무 많은 날을 지나왔기 때문이라네

씨감자

*

숨소리가 끊기고
이불 밖으로 삐져나온 손가락마다
검푸른 싹이 돋아 있었다

장의사는 공평하게 당신을 쪼개서
가족들에게 하나씩 건네주었다

*

오목가슴에 묻어둔 한 조각 당신이 새순을 피워 올리면
꺾고 또 꺾고

*

당신의 무덤을 짓고 난 후로
두 눈은
소금으로 만든 알약,

사는 게 밋밋해질 때 깨뜨려 찍어먹는

*

검버섯이 번지던 한쪽 볼을,
파랗게 멍이 든 무릎을,
딱딱하게 굳어가던 뒤꿈치를,

오늘도 썩은 감자처럼 당신을 도려내다 보니
남은 새벽이 얼마 되지 않았다

마른 눈

연못 미루나무 물그림자 사이엔
비늘로 지은 집이 있었다네

저물녘 햇빛이 닿으면 반짝 열리던 대문,
하지만 아무나 들어설 수는 없는

그곳에 혼자 기거하던 여자는
두 발을 버리고 주저앉아 종일 부레를 짰다고 하네

일렁이는 연잎 그림자를 오려 와서
물이 새는 상처마다 덧대가면서,

오래전 못 바닥에 가라앉은 돌멩이들은
그녀가 건네준 부레를 달고 자유롭게 헤엄칠 수 있었다 하네

가끔은 수면 바깥으로 뛰어오른
무늬가 아름다운 돌멩이를 본 사람도 있다고 하네

지금은 다 말라버린 연못
여자는 어디로 사라졌는지 찾을 수 없다네

아직 부레를 얻지 못한 돌멩이 하나가 바닥에 앉아
물속 폐가를 지키고 있을 뿐

둥근 발

그녀는 바지들을 꺼내놓고 앉아
얇아진 무릎을 덧대던 중이었다

쓰임새가 없어진 두 발 대신
새 일을 감당할 두 발이 불편하지 않도록

두툼한 옷감을 오려가지고 와
푹신한 신발을 신기던 중이었다

둥근 발에 꼭 맞는 둥근 신발에는
이미 변색이 되어버린 꽃무늬도 하나씩

실밥이 풀린 가지 끝에
목련 몇 송이가 겨우 매달려 있는 봄이었다

기운 바지를 들고 기어가는 무릎은
꼭 흘러내리는 빗방울 같아서

그녀가 닿는 바닥에 길게 두 줄
통증이 흥건하게 물 자국을 남겼다

저물녘

노을 사이 잠깐 나타났다 사라지는 역

누군가는 떠나고
또 누군가는 남아 견뎌야 하는 시간

우리 앞엔 아주 짧은 햇빛이 놓여 있었네

바닥에 흩어진 빛들을 긁어모아
당신의 빈 주머니에 넣어주면서

어둠이 스며든 말은 부러 꺼내지 않았네

그저 날개를 쉬러 돌아가는 새들을 따라
먼 곳에 시선이 가 닿았을 때

어디선가 바람이 한 줄 역 안으로 도착했네

당신은 서둘러 올라타느라

아프게 쓰던 이름을 떨어뜨리고

주워 전해줄 틈도 없이 역은 지워졌다네

이름에 묻은 흙을 털어내면서
돌아서야 했던 역, 당신의 저물녘

유령의 얼굴

쪽마루에는 사진 한 장,
햇빛이 달라붙어 게걸스럽게
여자의 얼굴을 뜯어먹고 있었다
입가의 미소까지 다 핥고도
아직 배가 차지 않는지
깨진 액자의 유리 틈까지 쪽쪽 빨아댔다

불꽃이 만개했던 그날 이후
흉흉한 소문들만 수시로 태어나던 집이었다
그을음이 그려놓고 간 벽화 속을
불타 죽은 개들이 서성인다거나
손톱 빠진 아이들이 나타나서
검은 문짝을 밤새 긁어댄다거나

유령처럼 희미해진 사진 속 여자는
뜨거운 개들에게, 아이들에게
어떤 저녁을 떠먹여주려던 걸까
명줄처럼 잘린 가스 배관에서는

무거운 흐느낌이 흘러나온다고도 했다

표정이 다 증발하고 없어서
물끄러미 바라보면 홀려버릴 것 같은
그 얼굴, 남은 테두리까지 긁어먹으며
햇빛은 손톱이 조금 검어졌다

반월저수지

허밍이 이어지는 동안
달의 왼쪽 얼굴이 조금 더 수척해졌네

그녀는 물안개를 빚어 가지마다 걸어놓고는
모두 마를 때까지 흥얼거리는 사람

방울방울 맺힌 어린 영혼들을
뗏목 같은 악보에 실어 깊은 밤 건너는 사람

아직 끝내지 못한 악장이 남아서
여러 겹 물결의 음성을 갖게 되었다는데

생일도 얻지 못한 아기를 부르다 보면
단음계의 태동이 느껴져 오기도 한다네

그녀의 입술 가장자리에 모여들어
풀을 뜯던 흑염소들은 모두 집으로 돌아가고

도려낸 한쪽 가슴에 젖이 차오르면
달은 또 지워진 숨결 찾아 저수지를 헤맨다네

사라지는 미용실

거울 속에는 떠오르지 않는 아득한 사람

라디오 스피커가 끝없이 흘려보내는 아지랑이

가운은 귀신이 벗어놓고 간 외투

잃어버린, 잊어버린 과거를 찾아주겠노라고
그는 쉴 새 없이 오늘을 끊어냈네

튜브 속 그믐밤을 중화제와 섞어
머리칼 사이사이 빠짐없이 덧칠해 놓았네

과거는 제게 고통뿐이었는걸요,
대답은 그의 귀에 가 닿지 못했네

옷걸이를 휘감았던 나팔꽃이 기어 내려와
바닥에 흩어진 어제들을 입속에 쓸어담았네

낄낄낄낄낄 웃음을 쏟아내는 수도꼭지

드라이기가 뱉어내는 사막의 모래폭풍

거울 속에는 이제 흔적도 없이 사라진 사람

물속의 우산

누가 젖은 이들을 위해
넣어준 것일까
이끼 낀 우산을 쓰고
등허리가 휜 피라미 강을 건넌다

다정하게 손을 잡은
빗방울과 햇빛,
길고 긴 이별을 위해 머물던 저기압이
서서히 물러간다고 생각했다

뼈대가 남아 있는 동안
축축한 날들 잊을 수는 없겠지만
마음은 이미 접힌 우산,
물결 사이에 꽂아둔 지 오래되었다

빗방울이 자갈처럼 깔려 있는 강
우산만 기억하는 음이었는데
피라미 뜯긴 꼬리지느러미에서

아직도 구름이 흘러나왔다

누굴까
물속에 다시 비를 심어놓은
그 사람

모과와 지난 밤

욕창이 번진 왼쪽 뺨,
짓무른 그늘을 어찌할 수 없었다

아버지는 그날 밤 고개를 돌리고
아무도 모르게 슬쩍 울 생각이었겠지만

한 방울의 향기가
가을의 무늬를 모두 바꿔놓고 말았다

광대뼈 속까지 번진 그을음은
누구도 닦아줄 수 없는 것,

아버지를 흙으로 돌려보내고 나서도
향기는 늘 유언처럼 창턱에 앉아 있었다

이제 달빛에 깨어나
뜨거운 모과차를 마시는 일은

숨결 없는 그 밤을 되살리기 위한
고요하고 쓸쓸한 나만의 의식

창문을 열면 어김없이
왼쪽 뺨도 없는 달이 떠 있다

묵묵부답

아무도 대답을 해주지 않으니
혼잣말로 비행기를 접어 날리며 놀아요

수백 페이지의 혀를 갖고 있으면 뭐해요
책들도 두꺼운 표지를 닫고 묵언수행 중

혹시나 해서 냉장고를 열어봤지만
속말은 깡그리 비운 채 차가운 심장만 돌리고 있어요

매일매일 차곡차곡 채워가던 일기는
무너뜨릴 수도 없는 담장이 되어버렸고

이렇게 기다리던 봄이 오면 뭐해요
모두 아지랑이처럼 떠도는 말들뿐일걸요

속에 쟁여둔 혼잣말도 다 떨어져 가는데
나도 이젠 관 뚜껑 같은 말문을 닫아야겠어요

항아리

버려둔 항아리는
하루하루 잔금이 늘었다

그리하여 또
버려둔 항아리,

어느 날은 소금기 가득한 신음이
조금 새어나와 있었다

그리고 또
간장보다 어두운 그뭄

버려둔 항아리는
와장창 항아리를 버렸다

짜고도 단 엄마가
바닥에 흥건했다

She's not meat*

슬픔이 이마에 닿은 건
초저녁의 일, 눈송이 하나가 시작이었네

저 영혼은 어디서 왔을까
뜬금없는 의문이 달라붙을 때

유튜브 화면에선 아기 염소가
승합차를 따라 속도를 올리며 뛰고 있었네

먼지를 일으키며 끌려가는 고깃덩어리,
어미 염소는 더 이상 고개를 들지 않았네

음메에에, 음메에에
엄마아아, 엄마아아

울음이 지평선 쪽으로 멀어져가고

한껏 볼륨은 높인 배경음악은

굵어진 눈송이를 떼로 불러들였네

* 유튜브 동영상 제목에서 따옴

닮은 사람

물속의 그가 말을 건넨 적 있지

성대를 떠나자마자 물결이 되어
심장을 조금씩 적시던 말

나는 그날 환청이 끊이질 않아
웅덩이를 메우고 돌아서야만 했지

하지만 그 후로 움푹한 것들은 모두
그가 숨어 있는 웅덩이가 되었지

어느 날은 술잔 속에서
또 어느 날은 때 낀 배꼽 속에서
우물우물 그의 목소리가 새어나왔지

너와 나는 흉터까지 닮았구나,
빗방울처럼 시리고 비린 말

이제는 숨소리도 마르고 없는 사람

아버지의 말을 다시 받아보려고
빗소리를 베고 눕는 날이 있지

책등에 기대 잠이 들었지

1.

책들은 모두 등 돌린 애인처럼 꽂혀 있다
무심하게 바라보면 이따금
다시 읽어야 할 간절한 구절이 스쳐갔다

2.

잠에서 깬 고양이들이 발톱을 꺼내 책등을 긁는다
장판에 떨어져 쌓이는 살비듬,
죽은 아버지는 시원하다 하실까?

3.

다음 생이 오면 또 아프겠지요,
책갈피를 넘길 때마다 귀신들은
몇 번이고 했던 말을 다시 중얼거렸다

4.

나무의 습관을 못 버린 책은
일 년에 한 줄씩 새로운 기록을 남겼다
읽지도 못할 거면서 책을 톱질하는 사람이 있다

5.
늑골 사이에 꽂아둔 책은 습기에 취약해서
눈물이 지나간 뒤에는 반드시
한 장씩 펼쳐 말려야 했다

물풀

물풀, 물풀 낮게 읊조리다 보면
입꼬리에 가느다란 물줄기 한 가닥 흔들리네

바닥이 닳은 신발은 심장 가장자리에 벗어놓고
물길을 따라 조용히 떠난 사람이 있네

수심 깊은 명치에는 눈먼 물고기,
사는 일 쪽으로는 지느러미가 휘지 않는다 했네

물풀, 물풀 입술이 흠뻑 젖어갈수록
가느다란 밤은 또 어두운 쪽으로 몸을 눕히네

여린 줄기에 목을 매고 죽어간 별처럼
수면의 반짝임도 서서히 삭고 있네

아른대던 물풀의 발음을 닦아내니
손가락 마디마디 검푸른 잎사귀들이 피어나네

3부

내일 모레, 조만간

혀로 염하다

트럭에 치인 새끼 목덜미를 물고 와
모래 구덩이에 눕혀놓고서

어미 고양이가 할 수 있는 건 오래 핥아대는 일

빛바랜 혀를 꺼내서
털에 배어든 핏물을 닦아댈 때

노을은 죽은 피처럼 굳어가고 있었네

핥으면서 꺼진 숨을 맛보았을 혀,
닦으면서 붉은 눈물을 삼켰을 혀,

어미는 새끼를 묻어놓고 어디에다 또
야옹, 옹관묘 같은 울음을 내려놓을까

은행나무가 수의로 바닥을 곱게 덮어놓았네

야옹야옹 쌓이는

낡은 달력의 날짜마다 눈이 덮이고
비로소 밤이 전생처럼 고요해지면
꼬리를 세운 영혼들이 골목으로 모여들었네
사뿐사뿐 발걸음마다 꽃무늬가 찍혀서
눈길은 온통 향기로 채워졌다네
응달을 지키고 서 있던 눈사람은 이때
발바닥이 시린 고양이들을 위해
눈송이 긁어모아 모닥불을 피워두었는데
영혼이 쬐기에 가장 알맞은 온도
어떤 고양이는 잘려나간 발까지 따뜻해져서
더는 절뚝거리지 않아도 되었다네
지난 생의 못다 한 대화가 깊어갈수록
눈빛을 받아먹으며 눈발은 굵어지고
비밀스런 전설이 발톱처럼 자라기도 했다네
담장 가득 이야기를 받아 적느라
가로등은 눈 한 번 깜빡일 수 없었다네
성에꽃 핀 창문을 열고 멀리서
골목 풍경을 몰래 훔쳐보던 한 사람

저도 모르는 사이 오드 아이가 되어갔다네
고양이들 혀끝의 울음이 끝날 때까지
야옹 야아옹 눈은 그치지 않았다네

내일 모레 고양이

운문이와 산문이는 조금 전
월요일의 예감을 한 줌씩 핥다 잠들었어요

물그릇의 파문이 잠잠해지길 기다리며 나는
당신의 별이 만들어낸 아름다운 꼬리를 생각해요

내일 모레, 가까운 시일
고양이가 되고 싶다던,

언제가 새로 만들어진 별자리에는
야옹자리라는 이름도 달아 주었어요

당신이 잠깐 머물던 이곳
당신을 잠깐 만났던 나는 걱정 말아요

허기가 몰려오면
데워 먹을 사랑이 아직도 가득 쌓여 있고요

산문이 운문이 발음을 따라하며
고양이어도 틈틈이 익혀두고 있으니

내일 모레, 조만간
나의 별에도 멋진 꼬리가 생길지 몰라요

비린 별이 떴네

작은 혀가 웅덩이 물에 닿을 때마다
새끼 고양이는 조금씩 일렁이며 지워졌네

물결 속에서 야옹야옹야옹
끝도 없는 흐느낌만 더해가고 있었네

마른 탯줄 끝에 묶여 있는 새벽이
냄새를 풍기며 썩어가는 시장 골목

물웅덩이는 생선들의 몸을 씻어내고 태어난
말하자면 세상에서 가장 비린 무덤

죽음으로 내장을 부풀린 새끼 고양이는
몸을 눕힐 구석이나 갖고 있을까

묘귀猫鬼에 홀려 천막을 긁던 바람이
잠시 머물며 젖은 털을 핥아주고 갔네

찢어진 차광막 사이로 비늘처럼
생기도 없는 별이 몇 개 떠 있었네

숨은 야옹이 찾기

책을 펼쳐놓으면 야옹이들이
줄무늬를 맞추며 행마다 들어와 앉았다

눈이 내린 아침 담장 위에는
흰 야옹이가 소복이 쌓여 있었다

빈 택배 박스가 다시 무거워졌다
삼색 야옹이가 각을 잡고 누워 있었다

검은색을 편애한 그림자들은
제 눈동자 속에 검은 야옹이를 숨겼다

참을성 없는 꼬리만 튀어나오지 않으면
영영 들킬 일은 없어 보였다

술래가 되어 야옹이를 찾던 아이는
아무도 없는 집보다 더 어두워졌다

철컥, 아껴둔 참치 캔을 따는 걸로
오늘의 놀이도 끝을 맺고 말았다

어디서 나타났는지 한꺼번에 달려들어
냐옹니야옹 보채는 녀석들

캔 하나를 순식간에 비우고 나서는
아이의 어둠까지 깨끗하게 핥아먹었다

오드 아이

한없이 따뜻한 노랑
한없이 차가운 파랑

당신과 함께 머무는 동안
나의 무대는
희극과 비극을 한꺼번에 앓았어요

하지만 괜찮아요
두 눈을 오가는 동안
이중국적의 감정을 익힐 수 있었으니까요

이제는 나도
괄호 속 지문을 버리고
지루한 해설을 버리고

폴짝,
당신을 넘나들며
나만의 대사를 다시 만들려 해요

당신을 환영합니다

어제는 골목이 다리 절던 고양이, 삼색이를 끝내 지워버렸어요 다 지우진 못하고 피 묻은 털 뭉치를 얼룩으로 남겼어요 집 앞에 불길한 그림이 붙었다고 당신은 물을 뿌려 솔질을 하고, 풀어진 그림은 절룩이면서 하수구를 향해 걸어갔어요 그때 택시가 지나가면서 다시 한 번 그림을 찢어놨어요 야옹 야옹 야옹 야옹 수많은 고양이들이 물방울이 되어 날아갔어요 담벼락에 가 닿은 몇 방울은 주르륵 꼬리처럼 길게 자랐다가 이내 말라버리고 화단에 떨어진 몇 방울은 눈동자를 굴리다 흙 속에 스미기도 했어요 아무튼 삼색이는 핏빛을 더해 사색이 되어 떠났고 나는 무사히 나의 현관 안으로 돌아왔어요 하지만 언제 따라왔는지 방은 이미 빨간 고양이들로 가득했어요 발을 옮긴 자리마다 벽지에 아픈 별이 하나씩 돋아났어요, 마치 환영처럼

늙은 집사들

사료를 부어주던 할머니 대신
오늘은 한 백 년은 더 늙은 구름이 와서
그릇마다 가득 물이나 채워주고 있었다

기울어진 담장 너머 적막이 발톱을 갈 때
버려진 줄도 모르는 화단의 나무들은
마른 잎사귀만 종일 핥다가 저물었다

빈집이 키우는 아기 고양이만 야옹야옹
소리를 갖고 있어서, 그 작은 입으로
빗방울의 동그란 울음을 흉내 내다 그치면
빗방울도 고양이가 되어 울었다

슬레이트 지붕 끝에 매달려서 야옹
버려진 고무신 뒤꿈치를 적시면서 야옹

빈집이 잠시 깨진 눈을 열고 일어나
소리들을 모두 쓰다듬어 재우고 나서야

늙은 구름도 조용히 서쪽으로 발을 옮겼다

병실의 독서

명왕성과 해왕성을 두 눈 속에 굴리면서
고양이는 담장을 건넌다

나와 만나기로 약속한 나는
달력 속 동그라미를 지우면서
조금 더 투명해진다

이승과 저승을 오가던 그는
한 번 더 고비를 넘겼다 한다

담장은 고양이의 책
달력은 약속의 책
고비는 환자들의 책

허기는 우리 모두의 책

오늘의 페이지를 다 읽기 전에
내일의 페이지가 뒷장에 따라붙는다

바람도 없이
통증을 잃어버린 사전이 혼자
다음 장으로 들어서고 있다

민들레

찢어진 비닐하우스
새끼 고양이 네 마리를 낳아놓고
어미는 오지 않았다

밤바람이 영혼 하나를 데려갔는지
한 마리는 이미 식어 있고

나머지 셋은
서로의 숨결을 끌어안은 채
데워지지도 않은 햇살만
돌아가며 핥았다

비닐에 깔려 있던 꽃들이
서둘러 노란 가스 불을 켰다

빗방울이 야옹

운문이는 봄 창턱에 앉아
비 내리는 골목을 내다보는 중

전선에 맺혀 있던
야옹야옹야옹
빗방울,
그 중 하나가
야
아
옹
떨어지기도 한다

꽃의 태동을 감지한 수염이
파르르 떨린다

불이 부르는 노래

한동안은 입을 뗀 적 없다고 했다
그을린 그의 혀를 쓸어보면
오랫동안 쌓여 있던 묵음만이 떨어져 나왔다

그래도 불씨 하나를 물려주었더니
컴컴한 목구멍 안쪽 붉은 혀가 돋아나
따뜻하게 웅얼대기 시작했다

낮은 음이 높은 음으로 옮겨 붙으며
목소리는 조금씩 분명해졌고
악보의 결을 따라 리듬이 생겨났다

검은 음표를 흰 음표로 바꿔 부르는 노래
젖어 있는 마디 지나갈 때는
매운 연기를 피워 올리는 노래

점점 빠르게 감정을 이끄는 마디에서는
타 죽은 아기 고양이들이

옥타브 바깥의 음들을 끌어와 울기도 했다

재가 된 어제의 악보를 떠올리며
화로에 담아온 한 삽 읊조림은
밤이 깊어도 좀처럼 잦아들 줄 몰랐다

4부

맨발이 젖어 있었네

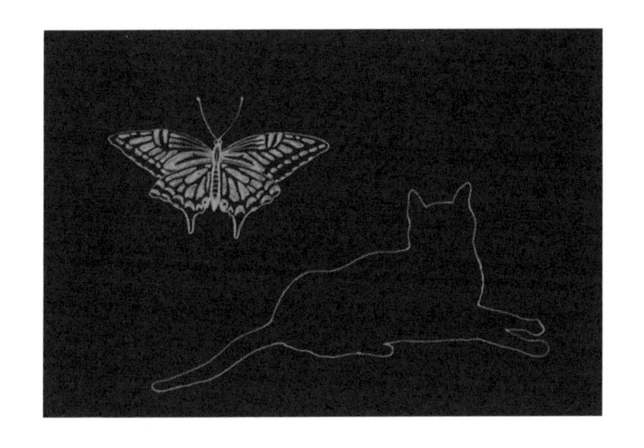

손바닥 성지

시장의 순례 길은 해가 저물고야 끝났다
으슥한 골목, 고무판 아래 접어둔 다리를 꺼내 주무르며
깡통 속 수입을 헤아리는 낯빛이 어둡다
사람들의 믿음도 이제 유효기간이 지나버렸고
연민을 이끌어낼 다른 방법이 필요하지만
바닥을 기는 것만이 이제껏 익혀온 생활의 기술,
가로등이 밝혀놓은 그의 손바닥에는
타르초처럼 붉고 푸른 상처들만이 나부낀다
운명이라는 비탈을 넘어 다니기 위해
얼마나 많은 기도문을 손금에 묶어둔 것일까
향불 대신 담배를 피워 문 그의 가슴팍에
끌려온 길들이 겹겹 얼룩으로 쌓여 있다
줄장미가 가시밭길 몸에 새기며 담을 넘다가
피딱지 같은 꽃잎 하나 바닥에 흘려놓는다
이제는 하루치 고행을 끝낸 두 다리를 위해
남루한 전생을 벗어놓고 가지런히 누울 시간,
구겨진 영혼을 주워 담아 일어서는
그의 손에는 아직도 먼 지도가 남아 있다

모자이크 자화상

신기루 같은 너와의 대화는 접어두고
사막을 찢어 거울 속에 붙여보기로 한다
텅 빈 두 눈에는 말라붙은 오아시스,
지치면 소금이라도 핥을 수 있게
뺨을 가로지르던 눈물길의 흔적을 따라
쌍봉낙타 행렬을 나란히 세워 둔다
그 다음 명암이 뚜렷한 사구를 옮겨와
코를 세워볼까 모래폭풍이라도 지나가면
수시로 무너졌다 다시 서는 호흡,
절망을 모르던 절망도 발이 빠져보라고
인중에는 개미지옥 하나 숨겨둬야지
거짓말이 오래 머물던 입술이 그다음 차례
사막 뱀의 허물을 뜯어 아래위로 붙이면
빈 소리만 웅얼대다 삭아가겠지
쓸어내리면 유령 소리가 들리곤 한다는
저 모래 주름은 두 귀를 짓는 데 제격,
거울 속 자화상이 형체를 드러내 갈수록
찢어진 잡지처럼 새벽이 헐거워졌다

성령의 집

밤마다 우리는 엄마 손에 이끌려
오래 묵은 성경책 속으로 들어가야 했어요
그 어떤 기도에도 좀처럼 응답을 주지 않던 책,
엄마는 조금 더 기다려 보라 했지만
그럴수록 우리는 문장 사이에 갇혀
드넓은 악몽의 풀밭을 헤맸지요
길 잃은 양처럼 더러워진 얼굴로
뿌리째 마른 단어들을 질겅질겅 씹고 있으면
젖과 꿀이 흐르는 땅 가나안도 그저
가난이 머무는 땅일 거라고 믿게 되었죠
자고 일어나면 조금 더 납작해진
서로의 얼굴을 마주보며 실실 웃기도 했지만
그러면서 실제로 웃는 법은 잊어갔어요
달콤하게 혀를 적셔줄 곳은 없나요,
성경책 페이지 밖으로 얼굴을 내밀고 물으면
너희들 믿음이 부족하구나, 압화처럼 얇아진 엄마가
귀퉁이가 부스러진 눈을 감고서
또다시 중얼중얼 기도를 시작했어요

아무리 기다려도 성령은 임하지 않고
질문은 서서히 말라 침묵으로 변했죠
창세기에서 시작한 우리의 잠은
구약을 지나 신약도 이제 얼마 남지 않았는데
엄마가 약속한 세상은 여전히 멀기만 했죠

화환

갈비뼈 사이사이 꽂아둔 꽃들은
냄새를 잃어버린 사람들이 모두 뽑아갔어요

괜찮아요, 더 이상은
초라한 진심을 들키는 일에 당황하지 않아요

새로운 죽음에 한없는 축하를
식상한 만남에 심심한 위로를

사실 장례와 결혼은 한 몸이에요

꽃잎처럼 색이 빠지고 나면
조문객과 하객이 어울려 술잔을 들겠죠

계절 밖에서 쓸쓸하게 취한 사람들은
신발을 바꿔 신고 집으로 돌아갈 거예요

리본 끝에 새겨둔 이름이 하나둘

차가운 묘비 안으로 자리를 옮겨가듯이

꽃은 언제나 마지막을 위한 제물이에요

골격만 남은 채 쓰러진 밤은
누구도 수거해 갈 생각을 하지 않아요

두고 온 대가리

고등어를 헤집어 놓고서
대화는 점점 유선형의 몸체를 잃었다

너는 살점 속에 몰래 가시를 숨겨서
나는 살점 속에 터진 눈알을 숨겨서
날선 젓가락을 다정하게 내밀었다

비늘이 둥둥 떠다니는
우리들의 술잔은 모두 비렸다

잔에는 끝없이 술이 채워지고
그러는 사이 버려진 지느러미를 달고
방석은 사각의 물고기가 되기도 했다

침을 흘리며 가시를 물고 빠는 동안
누구나 속 쓰린 사랑에 취해갔다

각자의 해류를 갈아타고 돌아가기 전

접시 위 몸도 없는 고등어가
파장의 건배사를 대신 읊어주었다

우리들은 모두 대가리를 떼어놓고서
그 술집을 빠져나와 흐느적거렸다

하나님은 오늘도

비둘기들은 나란히 둘러앉아
모처럼 풍성한 아침 식사를 즐겼다

길바닥에 차려진 둥그런 밥상

가난한 영혼의 일용할 양식을 위해
뒷골목에 쪼그리고 앉아
꾸역꾸역 새벽을 게워내셨을 하나님은

아직 숙취를 달래고 계시는지

비둘기들의 식사가 끝나갈 때까지도
어지러운 하늘 뒤에서
아무런 기척이 없으셨다

심해의 사람

어떤 빛도 닿을 수 없는
바다에 내려가 산다 했어요
심장의 열수분화구를 식혀내기 위해선
어쩔 수 없는 선택이었다지요
우울도 지그시 수압으로 눌러놓고
텅 빈 눈의 유령상어처럼 떠돌다 보면
이따금 내려앉는 기억의 사체들
물컹한 살점이나 뜯으면서
시간의 색깔은 의미가 없다 했어요
그래도 목숨은 즐거움을 원해서
몸을 켰다가 껐다가 발광 놀이
죽음이 또 다른 죽음을 부르는 놀이,
암흑의 바다가 너무 익숙해져서
이젠 뭍으로 돌아갈 수 없다네요
결 고운 바닥에 어서 뼈를 내려놓는 게
지금의 유일한 희망이라 말하는
그는 심해를 사는 사람, 돌아서는 등에
날선 지느러미가 돋아 있었어요

말 없는 식사

그쳤던 눈이 다시 굵어지고
저녁이 빈 심장을 굴리며 찾아왔다

우리는 늘 그랬던 것처럼
고드름을 떼어 국물을 우리고
향기도 없는 눈꽃을 버무려
한 끼 식사를 차렸다

혀끝의 온도가 영하로 떨어질 때까지
아무 말 없이
서로에게 식은 사랑을 덜어주었다

살얼음처럼 위험한 식탁

꽁꽁 얼린 비밀이 풀릴 것 같아
오랫동안 꺼두었던 전등,
우리는 식사를 하는 동안
체온이 있는 것들을 하나하나 잊어갔다

티슈를 뽑아 언 입술을 훔쳐내고서도
무심한 말 한마디 하지 않았다

비루

골목의 풍경은 수시로 가려웠다

담장이 서로의 낡은 등을 긁어줄 때면
시멘트 부스러기가 한 줌씩 쌓였다

구멍가게 모퉁이 간신히 핀 접시꽃도
잎마다 손톱자국으로 성한 데가 없었다

떠돌이 개를 죽음으로 몰아간 건
초라한 행색이 유발한 의심이었다

포대 자루를 들고 나타난 청소부가
바닥에 눌어붙은 털을 쓸어 담았다

잃어버린 초롱이를 찾습니다,
전신주에 붙어 종일 짖어대는 전단지

불길한 소문으로 감염된 골목에는

동그랗게 동그랗게 물집이 퍼져갔다

진물 위에 빗물을 바르며
막다른 길이 더 독해지고 있었다

덤

감자 한 바구니를 사는데
몇 알 더 얹어주며 덤이라 했다

모두 멍들고 긁힌 것들이었다

이 중 몇 개는 냉장고 안에서 썩고 말겠구나 생각하는
조금은 비관적인 파장 시간이었다

덤은 무덤의 줄임말일지도 모른다고

나는 지금 덤으로 살고 있는 것
아니지 덤으로 썩고 있는 것

상처를 모르는 철없는 싹처럼
노을 뒤에 샛별 하나 겨우 돋았다

덤으로 받아든 감자 몇 알이

늘어난 숙제처럼 무겁기만 한 길,

한 번도 불을 켜고 기다린 적 없는 집은
검은 비닐봉지처럼 막막했다

떠올리면, 북아현동

계단 길 귀퉁이 우산을 쓰고 앉아
아이는 저녁을 기다린다 하였네

저녁은 어두운 표정의 엄마 같다고 말하는
녀석의 맨발이 젖어 있었네

는개가 몰려와 발가락을 뜯고 있는 걸
아는지 모르는지

부러진 우산살 대신 제 팔을 받쳐놓고서
아이는 장마보다 더 어두웠었네

이제 그만 집에 들어가라고
저녁은 때가 되면 오는 거라고 타일러 봐도

기다리지 않으면 오지 않는 그런 저녁도 있다며
녀석은 고개를 가로저었네

아이의 발톱처럼 모서리가 깨진 길
계단들이 한층 더 가파르게 기울어졌네

끝나버린 이야기

나무는 늘 배가 고팠다
불타버린 속, 나이테를 한꺼번에 잃어버리고부터
가지가 가 닿는 건 모두 빈속에 쑤셔넣었다
어느 날은 그네를 타던 아이들 발목을 베어 먹고서
빛과 어둠 사이를 오가며 종일 흔들렸다
발목 없이 집으로 돌아간 아이들은
그때부터 길 잃는 꿈을 자주 꾼다고 했다
그리고 또 언젠가는 그을린 개의 긴 혀를 뽑아먹고서
밤새 구역질을 한 적도 있는데
토사물처럼 깔린 안개 속에서 개 비린내가 짙게 풍겼다
사람들은 어떻게든 나무의 허기를 줄여보려고
기간을 정해 한 번씩 제수를 바쳤지만
후로도 상황은 나아질 기미가 보이지 않았다
가지에 깃들었던 새는 울음을 빼앗긴 채 떠나야 했고
구름은 아예 저를 다 쏟아놓고 사라졌다
나무가 그렇게 먹고 늘려놓은 건
세상의 시간을 벗어난 바닥의 그늘뿐이었다
하루하루 자라는 그늘이 두려워진 사람들은 결국

시멘트를 개 그 깊은 목구멍에 흘려넣었다
더 이상 마음 졸일 일은 없어졌지만
나무와 함께 만들어내던 이야기도 거기서 멈췄다

검은 일요일

까마귀는 교회 종탑 피뢰침에 앉아
단물 빠진 낮달을 쪼아댔다

사람의 기도는 모두 식상해져서
하나님 귀에 솔깃하게 닿을 표현은
어디서도 쉽게 구할 수 없었다

일요일이 반 이상 지나가고 있었지만
묵은 죄도 용서받지 못한 채
새로운 죄가 곳곳에서 태어났다

신도들은 그래도 히히덕대며
길 잃은 양들이 다시 돌아오지 못하도록
성전의 가시울타리를 세세히 정비했다

젖과 꿀은 헌금 통에 늘 넘쳐흐르고
천국보다 달콤한 날들이었으므로
애써 회개할 일을 찾아 괴로워하지 않았다

낮달을 먹고 더 배가 고픈 까마귀가
깨진 종 대신 몇 번을 울다 날아갔다

손금은 비리다

냇가에 앉아 있다가
신비롭게 빛나는 물고기를 만났네

두 손 오목하게 모아 물속에 넣으니

그 착한 물고기는
손바닥에 뻐끔뻐끔 소리도 없는 예언을 풀어놓았네

물결에 점지된 글귀가 적혀 있을 것도 같아
한참을 나도 물풀처럼 흔들렸다네

하지만 더 가까이 보고 싶어
물고기를 물 밖으로 들어 올려놓고는

곧바로 후회만 거품처럼 늘었네

빛나던 비늘의 몸은 허물어지고
예언도 뻐끔뻐끔 비린내만 풍기며 말라갔다네

가시처럼 남아 있는 잔손금,

나는 이제 아무에게도 손을 내밀 수 없네

모빌 아래 계절은 멈췄다

눈사람을 만들어 사랑을 시작했다
만년설처럼 녹지 않을 다짐
너를 위해서라면 기꺼이 심장을 끌 수 있다고
나는 주문을 만들어 수시로 되뇌곤 했다
상해버릴 감정들은 신문지에 말아
냉동실 깊숙이 밀어 넣고서
더 어두운 색으로 밤을 덧칠했다
이따금 전생의 봄이 삐져나오려 하는 날에는
달력 속 절기들을 하나씩 지우고
망각 속으로 깊이 숨어들었다
체온이 없는 그 방에서
모든 눈사람들의 성지, 남극에 대해 이야기하다
시린 어깨를 맞대고 잠들기도 했다
눈구름을 매달고 끝없이 돌고 도는 모빌
우리의 발은 언제나 겨울을 걸었다

이곳의 다큐멘터리

전생에 바짝 다가선 것만 같은 그곳엔
골바람이 어루만지다 가는 마른 풀과 쓸쓸
배불리 뜯어먹고도 줄지 않는 메아리가 있대요
푸른양 떼가 절벽을 뛰어오를 때
발굽에 차인 돌멩이는 구르다 구르다가
깨진 몸속 첫울음을 꺼내놓기도 한다지요
만년설이 조금씩 풀어놓는 물줄기로
혀 위에 달라붙은 휘파람을 씻어내고 나면
혼자라는 게 더 이상 두렵지 않은 곳
초승달과 그믐달을 뿔 대신 머리에 심고서
과거를 내달리며 일생을 보내다가
발굽의 모든 길들이 지워질 즈음
새로운 환생의 길이 열릴지도 몰라요
그러나 다큐멘터리의 절정은 무엇보다도
쫓고 쫓기는 긴장과 깊고 깊은 고통에 있어요
태어나 받은 운명이 다 닳을 때까진
누구도 그것을 피해 화면 밖으로 나올 수 없죠
이제 평화롭기만 하던 푸른양의 시야에

어슬렁대는 눈표범 한 마리가 들어왔어요
이곳의 다큐멘터리는 과연 어떻게 완성될까요
서로의 목에 이빨을 더 깊이 박아 넣고
함께 최후의 승리와 패배를 지켜보기로 해요

우정의 한 기록
-K에게

이정현

#2019/7/25/09:33

발문 원고를 끝낼 수 있을까. 입구를 자꾸 놓친다. 썼다 지우면서 그렇게 한철을 흘려보내고 고개를 드니 여름이네. 여름이구나. 별안간 찾아온 여름이 낯설어 아침 맥주를 잔에 따른다. 알코올이 몸에 퍼진다. 이럴 땐 몸이 물관처럼 느껴진다. 내 몸이 골목이라면 오늘 술의 이동 경로는 어찌되는 걸까. 내 몸도 "어디로 이어졌는지 아직 다 걸어보지 못한 골목"(「집들의 뿌리」, 『오동나무 안에 잠들다』)을 앞에 두고 바장이겠지. 원고가 잔더러 잔이 원고더러 건배를 외친다. '우정의 한 기록'을 위하여! 결국 술로 글을 여는구나. 이런. 취기에 기대 엉덩이 대신 입이 앞설 때 글은 망한다.

> 이제는 나도
> 괄호 속 지문을 버리고
> 지루한 해설을 버리고

-「오드 아이」 부분

K의 목소리가 들린다. '지문'을 버렸다고. '해설'은 무엇을 버려야 하나. 지문에 기댄 시는 얼마나 나태한가. 해설은 지루하기 짝이 없어 진열대 위에서 녹이 슨 지경이다. 지문으로 기울 때 시는 자주 괄호에 갇힌다. K에게 지문은 무엇인가요. 가리키고 설명하고 보충하는 괄호들. 괄호 밖으로 나간다는 것. 해설은 차라리 큰따옴표 자체 아닌가. 해설에 목소리가 있나요. 독자들은 텍스트를 향유하지 못하고 그것에게 먹힌다. (이중 인용된) 텍스트는 너무 크고 (그것을 이중으로 읽어내야 할) 독자는 너무 작다. 발문 역시 이차 텍스트 아닌가. 그런데 그것이 가능할까. 물론이지! 나는 큰따옴표를 포기할 마음이 전혀 없다. 해설이 됐든 발문이 됐든 괄호는 이차 텍스트의 숙명이다. 이전과 쓰임새가 전혀 다른 큰따옴표 혹은 뒤집어진 괄호는 어떤가. 일종의 전복. 다시 쓰기.

다시, K의 목소리가 들린다. "이제는 나도/괄호 속 지문을 버리고" "폴짝,/당신을 넘나들며/나만의 대사를 다시 만들려 해요". '지문'과 '대사' 사이를 '당신'이 넘나든다. "지문을 풀고 나온 (당신이란) 바람이 고막에 닿자/책은 소리를 잃고 잠잠해"(「안개 책방」)진다. 예컨대 그런 식이다. 괄호 밖에 소리 잃은 책이 떠돈다. "그는 나의 책이었다. (…) 그 사람 하나를 제대로 읽어보려고 참 오랜 시간 집중해왔는데 페이지를 몇 장 넘기기도 전에 그는 사라졌다. 이제 사라진 책을 읽어야 하는 그런 시간들이 앞에 있다."('시인의 말') 난감하지만 "말로는 다 할 수 없는 말이" 있음을, "보아서는 볼 수 없는 시선이"(「눈사람 스텝」, 『우리의 죄는 야옹』) 있음을 나는 안다. K의 시는 자주 (뻔한 괄호 대신) "말로는 다 할 수 없는" "보아서는 볼 수 없는" '사이-공간'에 머문다. 어떤 이에게 '시적 순간'(장석주)으로도 불리는 '사이-공간'은 부비트랩처럼 어딘가 숨어 있다가 대상으로 시가 경도될 때 즉 물화의 함정에서 시를 구한다. 또는 시가 언어에 목맬 때 올가미를 풀어 시를 숨 쉬게 해준다. 이를테면 '사이-공간'은 '보이지 않는 폴짝'이다. 폴짝, 뛰는 당신을 따라 나도 폴짝, 그런데 당신이 보이지 않네, 저편은 보이지 않고 폴짝, 나는 이미 이편으로 건너왔고, 당신과 나 우리 둘 사이에 '사이-공간'만 남았네.

다시 말해보자. 지문은 시를 억압한다. 혹은 시를 아무나의 말로 만들어버린다. 내 속내를 간파한 듯, 그는 해설을 가리켜 "죽은 나무들로 빽빽한 숲"(「안개 책방」)이라고 쓴 바 있다. "아직 살아 있는 것은 없는지 페이지를 넘"기는 K의 손이 보인다. 눈앞에 파기된 원고가 수북하다. 심지어 그는 내게 "숲의 비밀이 적힌 두루마리라며/나이테 한 올을 풀어 (손에) 쥐어"주기까지 한다.

K는 얼마나 친절한가. 나는 어리석어 "문장 사이에 갇"(「성령의 집」)히고 만다. 간절한 바람과 달리 텍스트는 "좀처럼 응답을 주지 않"는다. 읽을수록 "길 잃은 양처럼" "문장 사이에 갇혀/드넓은 악몽의 풀밭을 헤"맨다. 겨우 '악몽의 풀밭'을 벗어났다 싶은데 사방이 "죽은 나무들로 빽빽한 숲"이다. 헤쳐 나갈 자신이 없는 나는 텍스트를 오인하거나 남용하는가 하면 한편에서 억지를 부리거나 떼쟁이가 된다. 첩첩산중, 해설의 운명이다. '사이-공간'은 보이지 않고 읽다 지쳐 시집 "페이지 밖으로 얼굴을 내밀고 물"어도 K는 대답이 더 이상 없다. 동그마니 그가 남긴 "나이테 한 올"(「안개 책방」)만 남았다. 읽자. 내가 무엇을 할 수 있겠나. 비가 다시 내린다. 한낮인데도 어둡다.

 # 2019/7/26/19:15

비가 이틀째 쉬지도 않고 내린다. 비에도 지지 않고 오늘도 원고를 읽는다. 수십 번 넘게 읽었는데 시편들이 여전히 낯설고 새롭다.

> 지문을 풀고 나온 바람이 고막에 닿자
> 책은 소리를 잃고 잠잠해졌지만
> 나는 좀처럼 정적이 편해지지 않았다

(…)

아직 살아 있는 것은 없는지 페이지를 넘길 때

너는 숲의 비밀이 적힌 두루마리라며

나이테 한 올을 풀어 쥐어주었다

첫 단어에 눈길이 닿는 순간

숲이 백지 같은 안개로 가득 채워졌다

뿌연 눈으로는 아무것도 읽을 수 없었다

─「안개 책방」 부분

책은 '죽은 숲'("죽은 나무들로 빽빽한 숲")이다. 안개는 숲을, 비록 순간이지만, 무효화시킨다. "숲이 백지 같은 안개로 가득 채워졌다/뿌연 눈으로는 아무것도 읽을 수 없었다". 백지가 된 숲. 하얗다. 명확했는데 희끄무레하다. 환청마저 들린다. "표지 안쪽 오래전 상형문자가 되어 날아간/직박구리 울음소리가 들려왔다". 보이지 않아도 들리지만 내가 들은 그것은 안개로 인해 전혀 다른 것이 된다. 환청은 '전혀 다른 것'이다. "상형문자가 되어 날아간 직박구리 울음소리"라든가 "새가 남긴 책의 내용"이 그것. 초대 받았지만 나는 '안개 책방'을 모른다. 그곳에 속해 있지 않아 "지문을 풀고 나온 바람"이 낯설다. "지문을 풀고 나온 바람이 고막에 닿자/책은 소리를 잃고 잠잠해졌지만/나는 좀처럼 정적이 편해지지 않았다". 주춤거리며 안개 속으로 한 발자국 걸음을 뗀다. 안개가 내 발을 삼킨다.

> 안개는 온몸이 입이었다
> 투명하고 부드러운 턱뼈를 움직여
> 산 전체를 삼키려 하였다
> 땅바닥에 붙은 내 발도 이미
> 안개의 이빨에 물린 상태였다
>
> —「안개에게 물린 자국이 없다」 부분(『모르는 척』)

"그 입구에 닿기도 전/하얀 혀로 쓱 핥아보더니/안개는 나를 뱉어버렸다/퉤액퉤액 구역질을 하면서/순식간에 사라지고 없었다/몸에 이빨 자국도 남기지 않고/떠나버린 안개, 나는 주섬주섬/사람의 옷을 다시 입었다".(「안개에게 물린 자국이 없다」) '안개 책방'에서 추방된 나는 '죽은 숲'으로 귀환한다. 말해보자. 숲에서 나는 무엇을 들었나요. 그것은 '환청'이지요. 숲에서 나는 무엇을 보았나요. 그것은 '백지'이지요.

"지문을 풀고 나온 바람"이, 어쩌면 그것은 '안개'일 수도 있는데, '환청'과 '백지'를 어떻게 변모시키는가. 「안개 책방」은 침묵한다. "백지 같은 안개로 가득 채워"진

숲에서 "뿌연 눈으로는 아무것도 읽을 수 없"다. ('뿌연 눈'은 "하얀 혀"가 아니다. '뿌연 혀'가 주체의 의지의 소산이라면 "하얀 혀"는 주체와 아무런 상관이 없다. 그것은 비의지적이고 차라리 신적 계시에 가깝다.) 「오드 아이」가 쓰일 때까지 우리는 기다려야 한다. "괄호 속 지문을 버리고" "이중국적의 감정을 익"히십시오. 연거푸 「오드 아이」의 화자는 말한다. "폴짝,/나를 넘나들며/당신만의 대사를 다시 만드십시오."[1] 동어 반복. "지문을 풀고 나온 바람"은 구경꾼들을 '죽은 숲'(시집)에서 '살아 있는 숲'으로 순간이동시킨다. 무엇이? 안개의 "하얀 혀"가 바로 그것. 꽤액, 안개가 우리를 뱉기 전 안개의 "하얀 혀"를 맛보십시오. 당신은 그것에 사활을 걸어야 한다.

K의 시를 읽을 때 우리는 명료성의 함정을 피해야 한다. 기꺼이 미로에 빠지고 안개 속을 헤매야 한다. 그러니까, '하얀 혀'를 맛보아야 한다. 꽤액거리며 나를 내뱉기 전, "숲의 비밀이 적힌 두루마리"를 해독해야 한다. 은총을 빌며 말해보겠다. "첫 단어에 눈길이 닿는 순간/숲이 백지 같은 안개로 가득 채워"질 텐데 "뿌연 눈으로는 아무것도 읽을 수 없"다. '눈'을 포기해야 한다. '백지'를 읽을 수는 없지 않나. K가 내 손에 쥐어준 "나이테 한 올"을 잠망경 삼아, 그것은 달리 말해 "하얀 혀"인데, 이드

---

1) 원문을 변용했다. 「오드 아이」 참조.

거니 "숲 옆구리"를 느껴야 한다. "지문을 풀고 나온 바람이" 들려주는 '환청'을 듣고 그것이 보여주는 '백지'를 보아야 한다. 이에 대해 K는 직전 시집(『우리의 죄는 야옹』)에 실린 「눈사람 스텝」에서 "말로는 다 할 수 없는 말"을 듣고 "보아서는 볼 수 없는 시선"에 노출되어야 한다고 쓴 바 있다. 「눈사람 스텝」의 근미래에 「안개 책방」이 위치하지만 미래를 모른 채 K는 「눈사람 스텝」을 썼다. 두 시 사이에서 나는 '사이-공간'을 본다.

 # 2019/7/27/01:15

i) 너는 숲의 비밀이 적힌 두루마리라며
나이테 한 올을 풀어 쥐어주었다

–「안개 책방」 부분

ii) 나무는 늘 배가 고팠다
불타버린 속, 나이테를 한꺼번에 잃어버리고부터
가지가 닿는 건 모두 빈속에 쑤셔넣었다

–「끝나버린 이야기」 부분

「끝나버린 이야기」는 「안개 책방」의 후일담이다. 동시에 '나이테 한 올'을 잃어버린 자의 최후진술이기도 하다. K는 그에 대해 아무런 말을 하지 않는다. 우리는 안다. 이 땅은 실낙원이다. 우리는 에덴동산에서 추방당했고 시시포스를 따라 매일매일 "시멘트를 개 그 깊은 목구멍에 흘러넣"(ii)어야 살 수 있다. '이야기'는 멈췄고 '검은 일요일'(「검은 일요일」)만 남았다. "발목 없이 집으로 돌아간 아이들은"(ii) "길 잃은 꿈을" 꾸고 세상은 "개 비린내"로 진동한다. 실낙원에서 K가 "끝나버린 이야기"를 쓸 때 그것은 후일담이 된다. 하지만 아직 그에게 최후진술이 남아 있다. K의 다섯 번째 시집 『오늘의 이야기는 끝이 났어요 내일 이야기는 내일 하기로 해요』는 "숲의 비밀이 적힌"(i) "나이테 한 올"을 잃고 낙원에서 추방당한 자의 최후진술이다. 삼일째 비가 내리고 있다. 낙원에서 추방당한 자의 포즈로 담배를 태워야지! K는 금연 중이다.

 # 2019/7/28/03:28

낡은 사랑을 수선해 쓰는 우리는
수시로 이곳에 와 어제와 내일을 덧대곤 했다

―「빈티지」 부분

일렁이는 연잎 그림자를 오려 와서
물이 새는 상처마다 덧대가면서,

―「마른 눈」 부분

그녀는 바지들을 꺼내놓고 앉아
얇아진 무릎을 덧대던 중이었다

―「둥근 발」 부분

오늘의 페이지를 다 읽기 전에
내일의 페이지가 뒷장에 따라붙는다

―「병실의 독서」 부분

오늘을 끊어낸 자리 내일의 시간을 다시 붙여도, 우
리는 늘 닿을 수 없는 거리에 있었다

―「도마뱀」 부분 (『우리의 죄는 야옹』)

세상 사람들이 버리거나 폐기하여 너덜너덜해진 것들을 당신은 그러모아 싸매고 그것에 숨결을 불어넣어 기어이 살려내고 맙니다. 그것은 말이기도 하고(다섯 권의 시집), 숨탄것이기도 하며(동료들과 당신의 고양이들), 가방이기도 합니다(버려지기 직전 당신이 되살린 제 가방). 어쩌면 당신은 전생에 수선공이었는지 모를 일입니다. 버려진 것들이나 내쳐진 것들의 이음매를 꿰매거나 툭툭 두드려 당신은 그것들을 기어이 살려냅니다. 그것이 세상을 대하는 당신의 방식인지도 모르겠습니다. 당신 안에는 죽은 아버지와 형들, 그리고 스스로 목숨을 끊은 당신이 그토록 사랑했던 당신의 선배가 있습니다.[2] 그들은 죽었지만 모두가 탕탕, 사망선고를 내릴 때조차 그들 모두 살아 있는 것을 봅니다. 시 안팎을 오가면서 끊임없이 그리고 부지런히 무언가를 덧대 살려내는 당신이 경이롭기까지 합니다. 그렇겠지요. 아무래도 그것이 세상을 대하는 당신의 태도라고 새벽에 깨 생각해 봅니다. 아무도 돌아보지 않아 죽음이 어른거리는 비 내린 후 웅덩이에 당신은 기어이 숨결을 불러일으킵니다(「비린 별이 떴네」). 나는 비로소 안도합니다. 당신 때문에 나는 숨을 내쉽니다. 빗소리가 들립니다. 잠잠했던 하늘이 다시 비를 쏟는군요.

깜박 잠이 들었던 것 같다. 꿈을 꿨다. 죽은 아버지가 꿈에 나왔다.[3] 그새 새벽비가 그쳤다. Big Baby Driver의

---

2) 본 시집에 실린 「내일 모레 고양이」와 「심해의 사람」에 죽은 선배의 초상이 담겨 있다.

3) 아버지 꿈을 꾸었다. 너무 오랜만이라 잠을 깨고 난 후인데도 얼떨떨했다. 꿈이 현실처럼 느껴졌다. 어쩌면 지금 내 모습 같은데 아버지는 혼자 살고 있었다. 세안과 면도를 마친 아버지가 자전거 안장에 올라 페달을 힘껏 밟더라. 나는 아버지에게 해변 산책을 제안했고 자전거를 씽씽 모는 아버지의 뒷모습을 오랫동안 바라보았다. 그 순간이 너무 좋았다. 꿈에서 본 바다는 밍밍

<사랑>이 흘러나온다. 사랑은 누빔점, 두 개의 마음을 접어 안팎으로 누빈 숭고의 몸짓 같은 것.

2019/7/29/15:18

모처럼 갠 하늘이 오후 내내 지속되고 있다. "나이테 한 올"로 덧댄 세상을 복낙원이라고 불러도 될까. 복낙원은 이편과 저편을 덧댄 세상이다. 복낙원에 머물 동안 우리는 연결돼 있다. 물론 그것은 희망사항이다. 아무리 덧대고 덧대도 이럴 줄 알았다는 듯 그는, 쓴다.

i) 폐쇄된 몇 개의 역을 거치는 동안

했다. 밍밍한 바닷가를 걷는 게 아버지는 좋다고 내게 말했다. 꿈에서 본 바다는 왜 그리 밍밍했을까. 아버지의 등 너머 저편 해변에서 오케스트라가 내는 악기 소리가 들려왔다. 아버지는 흥미를 보였고 경사가 다소 있는 사구를 미끄러지듯 내려가 구경꾼처럼 소리를 청해 들었다. 소리는 조잡했고 구경꾼 아버지가 한심해 보였지만 사실을 말할 수 없어 기껏 내뱉은 말이 "아버지, 큰 교회 오케스트라는 전공자가 많아요. 작은 교회는 꿈도 못 꿔요." 였다. 아버지는 잠자코 듣기만 했다. K의 시집을 읽는 동안 세 차례 죽은 아버지가 꿈에 나왔다. 드문 일이기에 기이했다. 지난 4월 15일, 공주에서 K가 톡으로 초고 한 편을 보낸 적이 있다. "아버지! 집에 아무것도 먹을 게 없어요. 한번 다녀가세요. 그냥 빈손으로 오셔도 좋아요. 너무 오래 뵌 적이 없어서 아버지 얼굴도 기억에서 사라져가요. 그래도 보고 싶어요. 사랑해요. 한 문장씩 읊으시는 어머니 목소리가 젖어 있었다."(「대필」)

결코 사북에 닿지 못한다는 걸 알았다

—「사북」 부분

ii) 사라진 우리의 대화는 어디서 혼자 허물을 벗고 있을까, (…) 오늘을 끊어낸 자리 내일의 시간을 다시 붙여도, 우리는 늘 닿을 수 없는 거리에 있었다

—「도마뱀」 부분 (『우리의 죄는 야옹』)

iii) 낮과 밤을 돌고 돌게 된다죠
닿지도 못할 당신을 중심에 두고
자전과 공전을 반복하면서

—「칠월 무지개」 부분 (『우리의 죄는 야옹』)

이음매는 "신기루"(「물방울 숲」)에 불과했던 걸까. "우리는 늘 닿을 수 없는 거리에 있"(ii)고 너와 나는 "닿지도 못할"(iii) 거면서 "자전과 공전을 반복한"다. 정말? 상황이 비관적인 게 "끝나버린 이야기"(「끝나버린 이야기」)를 되돌리기 위해 그토록 바느질을 했건만 우리는 닿을 수 없다. "나이테 한 올"은 알고 보니 "얼다 만 는개와 안개/눈이었는지 비였는지 모를 물방울 몇 개/왠지 슬퍼 보이는 비늘과 깃털"(「먼 곳의 택배」)이었던 셈. 그것('는개'와 '안개')은 희미하고, 형체가 없으며('물방울'),

슬프도록 가볍다(‘비늘’과 ‘깃털’). 신기루가 이렇다.

나는 당신에게 가닿기 위해 안간힘을 다해 이 글을 쓴다. 괴산에서 당신과 함께 본 향나무가 떠오른다. “향나무 밑에 앉아 먹을 갈아대고 있”(「먹먹」)는 당신이 보인다. 내게 “남은 단어들은 모두 물기 가득한 것뿐이어서, 옮겨 적으면 그새 번져버리고 말 것들이어서, 먹이 닳아갈수록 밤의 꽃들은 귀퉁이가 짓무르고, 간신히 지어낸 문장은 마침표를 찍기도 전에 색이 변”할 것을 알기에 나는 ‘먹먹’하다. 궂긴 날을 겨우 벗어났는데 여전히 오리무중이다. K는 어디로 가려는가.

2019/7/30/14:57

“닿지도 못할 당신을”(「칠월 무지개」) 향해 손을 내뻗는다. (시를 읽는 일이 이렇게 무력하다.) 아무리 손을 길게 뻗어도 당신에게 가닿지 못하는 건(「사북」), 내 잘못이 아닌 게, 당신이 닿을 수 없는 거리에 있기 때문이다.(「도마뱀」) K가 “숲의 비밀이 적힌 두루마리라며”(「안개 책방」) 내게 건넨 “나이테 한 올”이 다 무엇이란 말인가. 시의 입구에 닿기도 전 “하얀 혀”가 날 뱉고 말 텐데, 어른거릴 요량이면 내 “몸에 이빨 자국도 남기지 않고”(「안개에게 물린 자국이 없다」) “순식간에 사라”져 버릴 텐데, 하여 끝내 나이테도 불타고 이야기도 사라질 텐데

(「끝나버린 이야기」) 대체 "나이테 한 올"은 무엇이며 "하얀 혀"란 다 무엇이란 말인가. 앞서 "하얀 혀"를 가리켜 '신적 계시'라고 말한 바 있다. 정말 그런가. 시여 나타나라! 어쩐지 내 주술이 우습고 안타깝다. 먹구름이 하늘을 삼킨 듯 호우주의보가 내려진 반월 일대가 어둡다.

#2019/7/30/23:18

K가 만지거나(「손금은 비리다」), 듣거나(「물고기는 모두 꽃을 피운다」, 『모르는 척』), 보는(「마른 눈」) 것들은 죄다 '사이-공간', 그러니까 "물과 대기의 중간에"(「물고기는 모두 꽃을 피운다」) 존재한다. 세인들이 보기에 거품에 불과한 물고기의 생리작용을 일러 "뻐끔뻐끔 소리도 없는 예언"(「손금은 비리다」)으로, 혹은 물고기가 일으키는 한낱 물보라를 가리켜 "수면을 채우는 꽃들"(「물고기는 모두 꽃을 피운다」)로, 또는 "연못 미루나무 물그림자"(「마른 눈」)더러 "저물녘 햇빛이 닿으면 반짝 열리"는 "비늘로 지은 집"이라거나 유리창에 낀 성에더러 "창유리에 태어"(「물방울 숲」)난 "물방울 숲"이라고 말의 집에 담을 때 그것들이 머무는 '중간'은 잠깐 비의를 벗는다. K는 능숙하게 비의가 드러난 그것들의 '중간'을 시로 옮긴 후 '괄호'에 머물지 않고 재빠르게 빠져나오는데 그가 쓴 대부분의 시가 그렇다. K를 읽을수록 나는 오리무

중에 빠진다. '사이-공간'에 잠깐 모습을 드러낸 '예언'과 '꽃'과 '비늘'과 '얼음 꽃'을 도무지 모르겠다. 내가 읽고 본 것은 표면이다. 이면을 보고 싶다. 그런데 K는 '사이-공간'을 정말 본 건까. 비기 긴했나. 사성이다. 자정은 사이-시간처럼 보인다,고 내 마음대로 생각에 빠져든다.

2019/7/31/04:38

빗소리에 잠을 깼다.[4] 시집 원고를 쥐고 잠이 들었던

---

4) 꿈을 꿨다. 꿈속에서 K를 보았다. 오래된 건물이었고 폐허였지만 무척 아름다운 곳이었다. 야영을 했는데 자고 일어나니 곁에 L과 C가 보이더라. 두 사람이 잤는데 깨고 나니 넷으로 불어나 있었다. L은 이근일 시인, C는 후배 조기성. 아침이었는데 숲에서 아기 고양이가 어정버정 걸어 나오더라. 걸음이 느렸고 가까이 오는 걸 두려워했다. 폰을 켜고 셔터를 눌렀는데 셔터가 눌러지지 않았다. 아기 고양이가 사라지고 이번엔 먼발치에서 바장이는 턱시도 고양이를 보았다. 어슬렁거리던 턱시도 고양이가 다가오더니 내 품을 파고들었다. 나도 모르게 몸을 흠칫거렸지만 은근히 좋았고 동시에 이물감이 들었다. 낯선 감각이었다. 내 몸을 빠져나간 턱시도 고양이를 찍기 위해 다시 폰을 켜고 셔터를 눌렀는데 물방울무늬 셔터가 눌러지지 않았다. 아니, 셔터가 보이지 않았다고 말하는 편이 정확할 듯하다. 조바심을 치는 동안 고양이는 사라져버렸다. K는 고양이 시인답게 별일 아니라는 듯 싱거운 표정으로 아침밥을 만들었다. 지난 며칠, 꿈에서 죽은 아버지를 만나고 K와 야영을 하는가 하면 고양이를 만나기까지 했다. 꿈속에서 아버지는 뒷모습으로 존재했다. 고양이 앞에서 내 폰은 무용지물이었다. 죽은 아버지와 고양이들 그리고 K. K의 얼굴

것 같다. 잠에서 깨 읽다 만 「물방울 숲」과 「손금은 비리다」 그리고 「눈꽃에 앉은 나비를 보라」(『모르는 척』)를 읽었다.

i) 꽃잎을 따서 손톱마다 얹어놓으면
우리의 신기루도 새롭게 자라날 것 같았어요
하지만 손이 닿는 순간, 한순간에
최면은 맥없이 풀려버리고 말았어요

-「물방울 숲」 부분

ii) 두 손 오목하게 모아 물속에 넣으니

그 착한 물고기는
손바닥에 뻐끔뻐끔 소리도 없는 예언을 풀어놓았네
(…)
하지만 더 가까이 보고 싶어
물고기를 물 밖으로 들어 올려놓고는

곧바로 후회만 거품처럼 늘었네

-「손금은 비리다」 부분

iii) 나비는 서로의 날개를 겹쳐

이 어른거린다. K는 자꾸 죽은 아버지와 고양이들을 시 안으로 불러들인다. 그것들, 시의 질료이면서 영매이자 친근한 벗들.

꽃으로 달라붙는다

잡으려고 손을 대면
녹아버리는 저 얼음 날개

—「눈꽃에 앉은 나비를 보라」 부분

어제에 덧대 못다 한 이야기를 조금 더 해보자.[5] 먼저 「손금은 비리다」. "물결에 점지된 글귀가 적혀 있을 것도 같아" "손바닥에 뻐끔뻐끔 소리도 없는 예언을 풀어놓"는 '물고기'를 "더 가까이 보"려고 우리는 종종 "물고기를 물 밖으로 들어 올"린다. 「물방울 숲」은 어떤가. 사정은 매 한 가지여서 "창유리에 태어나던 숲"을 품을 요량으로 "꽃잎을 따서 손톱마다 얹어놓"는다. 그 순간, "어떤 속죄도 아름다워질 수 있"고 "신기루도 새롭게 자라날 것 같"다고 그는 믿는다. 그것들을 "잡으려고 손을 대면/녹아버린"(iii)다는 걸 그는 왜 모르는 걸까. "닿는 순간"(i) "최면은 맥없이 풀려버리고" "빛나던 비늘의 몸은 허물어지고/예언도 뻐끔뻐끔 비린내만 풍기며 말라"(ii) 간다. 나는 내 감각을 믿을 수 없다. 그것이 촉각이든, 청각이든, 시각이든 나는 내 감각을 믿을 수 없다. 내 감각

5) '못다 한 이야기'는 하지 않아도 되는 이야기가 아니다. 그것은 꼭 해야 할 이야기다. 그리고 그 이야기는 끝이 없다. 다만 이야기의 지연이 있을 뿐.

들이 그것에 "닿는 순간" 그것들은 맥없이 풀려버리거나 지워지고 줄줄이 녹는다(i). 또는 거품이 되거나 허물어지고 비린내만 풍기며 말라간다(ii). 나는 어떤 식으로도 그것들을 향해 "손을 내밀 수 없"다. 여름 장마가 하염없이 비를 뿌린다.

#2019/8/1/07:21

새벽부터 내린 비가 드세다. 대기를 떠도는 축축한 습기 탓인지 원고가 눅눅하다. 손때 묻은 '시인의 말'이 보인다. "그 사람 하나를 제대로 읽어보려고 참 오랜 시간 집중해왔는데 페이지를 몇 장 넘기기도 전에 그는 사라졌다." "페이지를 몇 장 넘기기도 전에" 사라진 '그'는 K에게 어떤 존재일까. 따뜻한 사람이었을까 아니면 서늘한 사람이었을까. 시집 원고를 넘긴 K가 뒤늦게 보내온 시가 「L」이다. 나는 시 「L」을 6월 3일, 톡으로 받았다.[6] L

---

6) 시 「L」에 덧붙인 K의 메모: "이번 시집을 기획할 때부터 제목과 함께 한 행을 적어두었던 시인데 이제야 겨우 정리했네요, 정현 샘을 모티프로 하고 있지만 요즘 제 모습이 더 많이 반영된 것 같기도 하고 사람들 모두 이런 주기를 가지고 살아가는 건 아닌가 싶기도 하고요. 이 시는 아무래도 이번 시집에 함께해야 그 의미가 살겠다는 생각이 들어요. 발문을 쓰시는 도중에 시를 추가하는 게 혼란을 일으키지 않을까, 혹 샘의 이미지를 시로 사용한 부분에 부담을 느끼시는 걸 아닐까, 생각하다 출판사에 보내기 전 정현 샘의 의견을 들어보는 게 우선일 것 같아 보내

이라니. 「L」은 독자들에게 편파적이고 지나치게 사적이다. 그것은 물론 내 소관이 아니다. K는 「L」을 썼고 그것을 내게 보냈다. 「L」을 쓰고 보낸 건 K이다. 말을 빙빙 돌린다는 느낌이 든다. 나는 무슨 말을 하고 싶은 걸까. 이젠 말해도 될 것 같다. 그러니까 '사당의 밤'(4월 8일)이 없었더라면 「L」을 쓰지 않았겠지. 그날 밤 사당에서 무슨 일이 있었나요. 그는 왜 뒤늦게 「L」을 써야만 했나요. K가 시에 썼듯 'L'은 "반월의 사람"이고 '그'는 지금 이 글을 쓰는 그이다. 시간이 흐르면 '사당의 밤'은 에피소드로 남겠지요. 내가 나를 읽는 것 같아 겸연쩍지만 우선 「L」을 읽자.

> 그는 반월의 사람,
> 그곳에 살기도 하지만 살지 않기도 했다
> (…)
> 마침내 배낭을 메고 돌아온 그의
> 한쪽 눈은 따뜻했지만 다른 한쪽은 서늘했다
>
> —「L」 부분

나는 이런 사례를 알지 못한다. 없진 않은데 죽은 김현을 추모하며 쓴 「비로소 바다로 간 거북이—김현 선생

요."(2019. 6. 3)

님 영전에」(황지우)라든가 시집 한 권을 통째로 자신이 속한 '루' 동인에게 바친 (지금은 추문에 휩싸인) 『삼척』(이준규)을 우리는 알고 있다. 시집에 해설을 쓴 김종호 역시 루 동인이다. 하지만 글을 쓴 김종호는 단수가 아니고 복수다. 이를테면 김종호들이다. 그 글을 쓴 건 김종호지만 읽을 때 어쩔 수 없이 이준규가 속한 루 동인들이 불려 나온다. K의 다섯 번째 시집에 실린 「L」은 전혀 다른데 죽은 스승도 아니고 살아 있는 동인들도 아닌, 오로지 살아 있는 한 사람, L을 면전에 두고 쓴 시이다.

첫 시집 『오동나무 안에 잠들다』에 부친 '시인의 말'이 떠오른다. "많은 사람들이 내게 왔고 내게서 떠나갔다. 다가온 사람들은 내게 없던 기쁨을 심어주었고 멀어진 사람들은 내게 없던 상처를 던져주었다. 기쁨과 상처가 글자가 되어 내 주위를 맴돌았고 그 중 몇 개의 글자를 붙잡아 두고 나는 종종 밤을 새웠다." 추측건대 그에게 나는 '기쁨'이면서 동시에 '상처'였다. L이란 글자가 K의 주위를 맴돈다. 나는 그에게 기쁨을 주고 싶었다. 모두 알지 않나. 기쁨이 지나가면 반드시 상처가 온다는 걸. 우리의 여행은 '천일장 여관'에서 끝났다.[7)]

---

7) 13년이란 시차를 두고 K는 '천일장' 연작 두 편을 쓴다. 「천일장에 묵다」(2004)와 「천일의 잠」(2017)이 그것. 그와 내가

떠올려보면 내 기억 속 K는 눈 내리는 반월저수지를 하염없이 걷고 있고 "방울방울 맺힌 어린 영혼들을/뗏목 같은 악보에 실어 깊은 밤 건너는 사람"(「반월저수지」)으로 깊이 각인돼 있다. 반월에 다녀간 후 K는 느닷없이 드문 '반월 시'를 썼고, 쓴 시를 종이에 옮겨 내게 주었다(「반월」, 「반월 2」, 「반월저수지」). 그를 처음 만난 곳은 반월점 진천순대였고 때는 겨울, 그날 순댓국집 창유리에 핀 성에꽃이 아름다웠던 걸로 기억한다. 그날의 정경이 K가 쓴 「물방울 숲」에 오롯한데 지난 **6**월 **17**일, 반월점 진천순대가 문을 닫았다. 사라졌지만 한 편의 시로 그곳은 역사가 되었고 그와 나 우리 둘 다 추억할 힘이 남아

다섯 번째 시집 원고를 들고 용인시 백암행 버스에 오른 건 지난 3월 18일의 일이다. 다섯 밤을 천일장에서 묵었다. 함께 백암행 버스에 오를 때 그가 덜 외로웠을까. 잘 모르겠다. 서른 초반 사내의 목소리를 들어보자. "어쩌자고 혼자 여기까지 날아들었는지 모르겠지만/오늘 잠들면 천 일 동안 일어나지 못할 것 같았습니다/나비가 되어 잠이 들면 훨훨 나비로 깨어날까/천 일의 잠을 잘 때 누군가 나를 두드려 주세요 (…) 그래야 저기/부드러운 날개로 꽃들의 집 갈 수 있으니까요"(「천일장에 묵다」, 『오동나무 안에 잠들다』). 생게망게했을 텐데 첫 천일장이 익숙해지기까지 그는 13년을 기다려야 했다. 그런 그가 쓴다. "나는 계절을 팔랑팔랑 건너는 꿈을 꾸었다네/하룻밤이 천 일 같던 천일장 여관/(…) 한꺼번에 너무 많은 날을 지나왔기 때문이라네"(「천일의 잠」). 풋내가 사라진 '천일장' 연작 두 번째 시는 어쩐지 회한조다. 시에 가벼운 한숨이 인다.

있는 한 한껏 기억할 것이다. 비가 그쳤다.

 # 2019/8/2/02:38

작년 겨울, 모 문학상 시상식장에서 K가 남긴 수상소감은 낭독 후 공적 기록으로 사문화됐지만 아무도 모르게 "부레"(「마른 눈」)를 달고 L을 향한 우정의 말로 되살아났다. 그 말이 가라앉지 않도록 L은 물 위에 "징검다리"(「가벼운 여자」, 『눈의 심장을 받았네』)를 놓았는데 '우정의 한 기록-K에게'가 바로 그것! 시상식장으로 향하기 전 부산 모처 카페에서 수상소감을 쓸 때 L은 그의 곁에 있었다.

"요즘은 좋은 길동무를 만나 걸을 일이 참 많아졌습니다. 논둑길, 밭둑길, 들길, 산길, 강변길… 길들을 하염없이 걸으면서 그가 제게 물어오곤 합니다. <저 꽃은 이름이 뭔가요?> 물음은 종종 <당신은 무슨 꽃인가요?>로 귀에 와닿기도 했습니다. 그동안 잊고 있던 향기와 색깔도 찾아내서, 그 따뜻한 물음에 대답을 하고 싶습니다. 시는 그 대답을 찾아가는 길이 될 것입니다."('체온이 가득한 시', 길상호)

밤이 깊다. 발문을 끝내야 할 시간, 첫 독자로서 행복

했다. 아듀, 길상호![8]

8) K와 자정 직전 통화를 했다. 그는 지금 구례에 머물고 있다. 우리가 마지막으로 걸음을 멈춘 곳은 강정마을이다. K와 함께 머문 모슬포 남강여관이 떠오른다. 그날 아침, 205호실 창가에서 그를 내려다보며 썼던 글의 대략이다. "205호실 이층 창가에서 내려다본다. 내려다본다는 것. 나는 그를 보고 있는데 그는 나를 보지 못하고 내 시선은 비밀로 남았다. 미색 외벽 아래 K가 앉아 있다. 담배를 입에 물고 커피를 마시면서 책을 읽고 있다. 손에 든 책은 『고양이 2』(베르나르 베르베르), 그답다. K 앞에 90년 된 향나무가 보인다. K 왼편 노란 꽃은 태양국. K를 위해 미색 벽 아래 작은 나무 소반과 플라스틱 의자를 준비했다. 이 시간들이 조금 더 지속되었으면. 이것은 나의 바람."(2018년 11월 21일) 인생의 한때를 그와 더불어 즐겁게 보냈다.

오늘의 이야기는 끝이 났어요
내일 이야기는 내일 하기로 해요

2019년 9월 30일 1판 1쇄 펴냄
2020년 1월 20일 1판 2쇄 펴냄
2021년 6월 30일 1판 3쇄 펴냄

지은이 길상호
펴낸이 김성규
책임편집 김은경 이계섭
디자인 김동선
펴낸곳 걷는사람
주소 서울 마포구 월드컵로16길 51 서교자이빌 304호
전화 02 323 2602
팩스 02 323 2603
등록 2016년 11월 18일 제25100-2016-000083호

ISBN 979-11-89128-50-0 [04810]
ISBN 979-11-89128-01-2 (세트)

* 이 책의 국립중앙도서관 출판시도서목록(CIP)은 서지정보유통지원시스템 홈페이지(http://www.seoji.nl.go.kr)와 국가자료공동목록시스템(http://www.nl.go.kr/kolisnet)에서 이용할 수 있습니다. (CIP제어번호:2019037059)